Guillaume Gouchon

De l'Abîme

Co-scénarisé par Camille Duverney

© 2015 Guillaume Gouchon

Édition : BoD - Books on Demand

12/14 rond-point des Champs Élysées 75008 Paris

Imprimé par BoD – Books on Demand, Norderstedt

ISBN : 9782322043606

Dépôt légal : Novembre 2015

À toutes mes Éloïses.

PREMIER ACTE

Pub sur les quais de Saône.

Scène Première

Un tenancier de bar grisonnant, quelques badauds, des joueurs de fléchettes, un client au comptoir.

Client

S'il vous plaît une pinte,

Tenancier

Monsieur la préfère brune ?

Client

Servez tel qu'il vous sied, car ce choix m'importune.

Il fut heure plus gaie, où toute chose de goût,

M'était un passe-temps, que je poussais à bout.

Or un jour j'entrepris, trop périlleuse aubade,

Tant et plus que dès lors, tout me paraît bien fade.

Tenancier

Mais Monsieur est pourtant, parfait'ment renseigné,

Il n'est meilleure enseigne, qu'ici pour vous aider.

Servant le verre.

Conseils et prescriptions, aux attristés je donne,

Distribuant remèdes, sirops à qui sermonne.

La joyeuseté ruisselle, transformant mal en mieux !

Client

Hélas tous vos patients, ne vivront pas bien vieux.

Tenancier, *tendant le verre.*

Je ne prends cette pique, mais six euros tout rond.

Client

Le prix de mon pardon, tiens ! Mais qui voilà donc ?

Scène 2

Sylvain, François, le tenancier, les badauds, les joueurs de fléchettes.

La porte de l'établissement s'ouvre. Un homme fait son entrée, retire son écharpe et secoue son parapluie avec aplomb.

Sylvain
Et déjà accoudé ?

François
      Car l'oubli n'attend point,
Chaque minute alerte, je réclame des soins.
Je les trouve en liquide, et en variant les doses.

Sylvain
Eh bien mon vieil ami, ce n'est pas sage prose.

Je t'ai vu plus serein, sous bien meilleurs auspices.

François
Attends que je te conte, la passion destructrice,

Qui naguère malgré moi, défia mon coeur en joute.

Celle-là si connue…

Sylvain
                        Encore une ! Je t'écoute.

François
Une belle ingénue, à qui je veux mieux plaire,

Rencontrée par hasard, après une ou six bières.

Voici deux lunes déjà, qu'elle fit en soirée,

Subreptice arrivée, lors d'une courte épopée.

Sylvain
Blague osée je suppose ? Celles dont tu raffoles ?

François
En effet mon ami, je n'ai pas d'auréole.

Je racontais alors, une Dédé l'Routier,

Sans me douter pardi, de la médiocre idée.

Mes collègues sont pour sûr, un public averti,

Je ne pouvais prédire, qu'elle passait par ici.

Sylvain
Laquelle énoncais-tu ?

François
       Désires-tu les détails ?
Car au vu des méfaits, je doute qu'il ne faille...

Sylvain
Fais donc enfin te dis-je, que je puisse en juger.

François
D'accord mais attends-toi, à l'effet escompté !

Il s'éclaircit la gorge.

Un beau matin d'été, ce bon Dédé conduit,

Son fidèle carrosse, trente-huit tonnes et demi.

Soudain c'est à mi-route, qu'il voit sur la chaussée,

Une pauvre petite, qui semble désemparée.

S'arrêtant dare-dare, car vraiment un chic type,

Il demande à l'enfant, ce qu'elle fait là en nippes.

Pleurant et balbutiant, elle répond en larmes,

Qu'un accident funeste, surgit dans un vacarme.

Véhicule embouti, et famille au trépas,

La jeune fille est seule, dans un vilain tracas.

C'est alors que Dédé, se déculotte et lance,

"Hé bien toi ma petite, c'est pas ton jour de chance !"

Les joueurs de fléchettes et le tenancier s'esclaffent.

Sylvain

Diantre qu'elle n'est pas fine ! Quelle fut sa réaction ?

Eusse ta belle rombière, pu digérer l'affront ?

François

Ma foi non mais l'inverse, elle pouffait comme un diable.

Elle parut trouver, ce moment agréable.

Telle ne fut ma surprise, quand elle proposa,

De se revoir tantôt, tous deux à l'opéra.

Sylvain

Elle m'a bien l'air hardie, la cause de ton tourment.

Mais je ne comprends pas, ton vil accablement.

Profane que je suis, j'avance et je puis dire,

Cette idylle semble fort, avoir de l'avenir.

François

C'est là que tu te trompes, mon fidèle compère,

L'expérience m'a montré, ce que la muse sait taire.

Feindre les bons sourires, pour mieux frapper ensuite,

De la tranche ou d'estoc, telle est sa méconduite.

Sylvain
L'alcool te fait mon cher, dire des bagatelles...

François
Qui font de nos soirées, de plaisants rituels !

Sylvain
C'est certain je confirme, il n'y a pas plus sage,

Que palabrer du grave, avec rire volage.

Mettons donc de côté, tes problèmes de coeur,

Il se tourne vers le tenancier.

Patron sers-nous céans, deux autres petites soeurs.

Tenancier

Entendu c'est parti, et deux verres d'Affligem ! Pas plus d'un doigt de mousse, c'est ainsi qu'on les aime !

DEUXIÈME ACTE

Appartement bourgeois.

Scène 1

Sylvain, Jean, un billard.
Chopin complète la scène avec ses Nocturnes.

Jean s'allume un Cubain.

Sylvain, *bleutant sa queue.*
Tu as beau te complaire, dans cette affirmation,
Mais ta longue sorite, n'a que piètre équation.
Hypothèses incertaines, et passages peu clairs,
Font de ton assertion, une preuve arbitraire.
Il manque la rigueur, le sens mathématique,

Si tu veux mieux prêcher, fais montre de logique.

Le cigare crépite et expulse de la fumée.

Jean

J'entends ton humble avis, reprenons du début,

Puisque ma rhétorique, en somme ne t'a peu plu.

Je me laisse une chance, pour enfin te convaincre,

N'ayant pas l'habitude, d'ainsi me laisser vaincre.

Tu es homme résolu, mais ouvert et patient...

Je commence...

Sylvain
    Et j'écoute.

Jean, *prenant une longue bouffée.*
              Laisse-moi un instant…

Jean projette un gris nuage de tabac.

Pourrais-tu, toi l'élu, puits des nombreux savoirs,

Me citer quelles sciences, en nous doivent prévaloir.

Celles-là qui subliment, la richesse de chacun,

Et représentent la grâce, de tout l'Esprit Humain.

Sylvain
L'art des Mathématiques ! Ciment des raisonnements,

Ou sa soeur moins abstraite, savoir-faire clairvoyant,

Qu'est la Philosophie, bagage des grands Hommes !

Jean
Nomme-moi pour chacune, qui occupe le podium.

Sylvain
Le meilleur est pour moi…

Jean

"Le" dis-tu ? Point de "La" ?

Sylvain, *hésitant.*

À part dans le solfège, diable je ne vois pas…

Jean

Veux-tu dire que ces sciences, toutes nobles et belles,

Ne cachent en leur sein, de femmes spirituelles ?

Sylvain

Si certaines, et de loin, bien meilleures que toi !

Jean

Un fait incontestable, ce n'est guère un exploit.

Pour chacune dis-moi, combien de notre espèce ?

Sylvain

Nous vois-tu si distant ? Bougres et poétesses ?

Jean

Différents nous le sommes, ne l'ai-je point démontré ?

Sylvain

Ne pas trouver d'exemple, n'a jamais rien prouvé.

Jean

Oublie ton inculture, et vois les statistiques,

Où règne l'abstraction, dame y est hérétique.

Sylvain, *se préparant à tirer.*

Que conclus-tu alors ?

Jean

                        Bien ma foi, c'est tout vu,

J'avance que les femmes, d'âmes sont dépourvues !

Sylvain rate la boule et attaque le tapis avec sa canne.

Sylvain

Appliques-tu telle maxime, sur ta mère et tes soeurs ?

Les comparant ainsi, aux objets sans valeur ?

Jean

Cartésien que tu es, te voilà bien grossier.

Faire preuve d'illogisme, dans la sphère des idées,

N'a jamais transformé, quiconque en végétal.

Mais ce que je souligne, tristement marginal,

Ce sont nos différences, nos distances et écarts,

Que nos deux univers, se développent à part,

Le leur bornant un monde, instinctif et injuste.

Sylvain, *tirant une autre boule.*

Les détestes-tu tant ? Dans ton palpitant fruste ?

Jean

Quelle idée ! Au contraire !

Sylvain

                      Il le paraît pourtant !

La boule tape trois bandes et reste sur le tapis.

Jean

Je ne peux reprocher, leurs indécis moments,

Puisqu'elles errent ici, sans comprendre leurs actes.

Sylvain

Pourquoi ne pourraient-elles ?

Jean

                      Car adulent l'inexact.

Dans un monde illogique, règne la sorcellerie,

Grand bien leur fasse alors, que l'amour soit Magie.

Sylvain
Il ne l'est ?

Jean
     Je ne sais, il me laisse perplexe,
Tu connais la faiblesse, que j'ai pour ce beau sexe.
Cette fragilité, qui torture et me blesse,
Puis mon appétit d'ogre, décuplent ma détresse.
Condamné au chagrin, je cherche les racines,
Les causes de l'infamie, qui consume et me ruine.

Sylvain, *visant un trou.*
Ta mère ou ton génome ?

Jean
      Sûrement l'un et l'autre !
Malchanceux pour avoir, créé pareil apôtre !

Sylvain rentre enfin une boule.

Et sais-tu mon ami, comment nous choisissent-elles ?

Sylvain
Pour les mêmes raisons, que nous les trouvons belles ?
Le bon sens est l'affaire, la mieux distribuée.

Jean
Grave erreur mon frère, je vais donc t'éclairer.
Expliquer l'attirance, romprait le sortilège,
Nous dévoiler leur tour, tarit leurs privilèges.

Sylvain
Alors quoi ?

Jean
          Alors donc, voici qu'elles refusent,

De révéler le "truc", attitude confuse,

Qui fait de leur amour, senti pour un ignare,

Un rempart plus solide, que dévouement et art,

D'un homme épris et bon...

Sylvain
        ou l'amour d'un ami...

Jean

Exactement mon cher, tu as tout bien compris.

L'indifférence complice, d'une femme insouciante,

Tel est notre fardeau, pis que lame tranchante.

Voilà qui détruit mieux, que guerres et despotes,

Un arsenic soudain, n'ayant pas d'antidote.

D'ailleurs expliques-tu, qu'elles font consensus,

En finissant avec, qui les méprise le plus ?

Sylvain

Je commence à comprendre, toute l'incongruité,

Et me risque à penser, nos relations damnées.

Jean

Bien plus que maudites, elles sont déloyales,

Notre commun ami, en subit la morale.

Malheureux que l'amour, l'ait fait poète autant,

Comme la pauvreté, l'aurait formé brigand.

On toque sur le parvis.

Scène 2

Sylvain, Jean, le billard, François, Éloïse, les Nocturnes.

Éloïse et François entrent dans la pièce.

Jean, *à Sylvain.*

Quand on parle du loup…

François

                      Amis, bien le bonsoir !

Éloïse

Nous ne vous gênons pas, en plein jeu de billard ?

Jean

Point du tout ma très chère, car las mon fraternel,

Préfère perdre seul, que d'oser le duel.

Éloïse

Par quel hasard peut-on ?

François

                        En entrant celle de huit.

Jean

Cela dépend du jeu, auquel on a mis suite.

Éloïse

À quoi pensez-vous donc ?

Jean

                          Il en est des terribles,

Fossoyant le bonheur, à maints coeurs sensibles.

À François.

Suivant quelques revers, certains sont opiniâtres,

Il se tourne vers Sylvain.

D'autres ex-prédateurs, préfèrent devenir pâtres.

Sylvain, *à Jean.*
Retraite passagère !

Éloïse

                    Parle-t-on toujours jeu ?

Sylvain

Qu'importe, nous divaguons ! Où allez-vous tous deux ?

François

Nous partons promptement, admirer du Verdi.

Éloïse

Votre cher compagnon, en ce soir m'y convie.

Jean

Pareillement attifés, vous lui ferez honneur,

Je tire mon chapeau, aux dons de vos tailleurs.

François

Ce n'est que quelque étoffe ! L'harmonie de Madame,

Et sa sublimité, inspirèrent bien des gammes...

Entre autres symphonies, et divines féeries !

Éloïse

De grâce enfin cessez, ou sinon je rougis...

Jean

Nous ne méritons point, telle rétribution.

François

Vos sourires sont déjà, trop belles compensations.

Éloïse

Vous deux allez de paire ! Fieffés badins charmeurs !

À François.

Sont-ils dans votre cercle, tous aussi bon rimeurs ?

François

Je suis fort fortuné, par un tel entourage,

Nous nous connaissons tous, depuis le plus jeune âge.

Sylvain

Troubleries de ce temps, forgèrent nos amitiés,

Jean

Abondant patrimoine, que nos communs passés !

François

Chacun de nos amis, a parcouru le monde,

Sylvain

Érigeant des triomphes,

Jean

                        et affaires fécondes.

François

Et quand arrive l'heure, des bénies retrouvailles,

Place aux célébrations, banquets et cochonnailles !

Jean

Pour répondre à Madame, nous sommes gens banals.

Ambitieux, cultivés,

Sylvain

                    selon notre idéal.

Quelque peu élitistes,

François

                    mais de gros travailleurs,

Partageant tous le même, esprit compétiteur !

Éloïse

Voilà qui me convient, j'ai tôt pris l'habitude,

De fuir médiocrité, fainéantes attitudes.

Jean

Sage résolution, il est plus ravissant,

Avec idées subtiles, de partager l'instant.

François, *regardant son garde-temps.*

Délicat est le charme, d'une belle conversation,

Cependant le théâtre, divas et barytons,

Nous attendent sous peu, ainsi que leur orchestre ;

Soit le plus pur filtrat, des plaisirs terrestres.

Éloïse

Il me tarde demain, d'allonger nos échanges.

Messieurs j'étais ravie.

Jean

                        Et nous étions aux anges.

Profitez de Monsieur, et du radieux spectacle.

Sylvain

Nous nous verrons l'un l'autre, lors d'un futur cénacle.

TROISIÈME ACTE

Ruelle, un clair de lune.

Scène 1

Éloïse et François.

Marchant ensemble sous l'astre de la nuit.

François

Fut-ce magistrale pièce, que ce drame chantant !
Ces quelques heures devinrent, un merveilleux moment,
Bien que je me demande, si il m'est si sublime,
Moins par l'art du poète, que par l'instant intime.

Éloïse

Il fut aussi pour moi, épisode distrayant.

Oeuvre pleine d'ardeur, et vifs enseignements,

Rompt avec ma disette, de pareille passion...

Qui ma foi je l'avoue, me fait trouver temps long.

François, *la prenant bras dessus bras dessous.*

Vous affamée d'amour ? Ce n'est bien peu plausible.

J'en connais vous jugeant, hélas inaccessible,

Qui souhaitant vous cueillir, quelques modestes fleurs,

N'en trouvent pour combler, femme de telle valeur.

Regardant la lune.

Ils appareillent alors, en Odyssées lointaines,

Condamnés aux chimères, à la destinée vaine ;

Rechercher l'illusoire, aphrodite atypique,

Qui pourrait égaler, votre charme utopique...

Éloïse

En fréquentez-vous tant ?

François

                        Un déjà et très bien !

Capable des bons vers, aux plus brûlants desseins.

Ne cherchant perfection, que pour yeux désirés,

Il n'a qu'une vertu, celle de trop bien aimer…

Stoppant la marche.

Ce n'est non point un saint, mais homme bon vivant,

Ne prêtant son égard, qu'à rires et sentiments.

Il se rapproche.

Son affection profonde, comète infatigable,

Heurte profonds ténèbres, mais reste inaltérable.

Le coeur de ces poussières, à la froideur du gel,

Ne trouvera fournaise, qu'auprès de votre ciel...

Lui prenant la main.

Afin de taire coeur, il fit moult prouesses,

Pour le vôtre il pourrait, cueillir cent Edelweiss...

Éloïse

L'ai-je déjà rencontré ?

François

                         Certes suffisamment.

Éloïse, *reprenant la marche.*

Laissez-moi démasquer, ce mystérieux amant.

Eut croisé... Beau, galant... Plein de verve et d'humour,

Cet aperçu me sied, je dois le mettre à jour !

Réfléchissant.

On pourrait le penser, votre portrait craché…
Mais nous deux sommes tant, complices et bons alliés...
Nous ne pouvons créer, passion qui nous anime,
De peur de m'être ôté, un confident intime...

Se reprenant.

Ce ne peut être vous, mais plutôt votre ami !
Votre fier acolyte ! Ai-je bien pressenti ?
Il me fit bel effet, je n'osais l'avouer,
Mais c'est vous le premier, qui vint le confesser.

François

Je ne… non…

Éloïse

                Tut tut tut ! N'en dites davantage,

Vous fîtes assez déjà, tâches de colportage.

François

Mais ce n'est non pas lui…

Éloïse

                      Tiens, voilà mon taxi !

Ce fut belle soirée, je vous en remercie.

Adressez mes louanges, à votre aimé copain.

Coquin entremetteur, je vous dis à demain !

Elle part. François reste seul.

Scène 2

François, deux ribauds, une ribaude.

François, *à lui-même.*

Brutale destinée ! Mon étoile s'éteint...

Vois ta fatalité, décuplant mon chagrin.

Qu'ai-je pu oser dire ? Quel acte irresponsable,

Me fait mériter telle, souffrance inconsolable...

Pourquoi ton tour obscène, vicieuse perversion ?

Odieux jeu que choisir, amie ou compagnon...

Pourquoi à tout profit, me réclames-tu double ?

Une heure de bonheur, pour dix saisons de troubles...

Levant le poing vers les étoiles.

Prudence, mauvais sort ! À force de détruire,

Un jour vient, que de moi, tu ne pourras plus rire...

Deux drôles et une ribaude sortent de la pénombre.

Ribaud 1

Qu'est c'qu'il veut ce bouffon ?

Ribaud 2

                                      Il cherche la castagne ?

François

Bouffon je le suis fort, et mon coeur est au bagne.

Remuant mes clarines, pour cruelle infortune,

Je reste emprisonné, sans idée opportune.

Ribaud 1, *à Ribaud 2.*

Il sort de zonz le gars ?

Ribaud 2

                                      J'sais pas, je capte rien.

Oh le balourd t'écoutes ? Qu'est-ce tu fais là, chien ?

François

Vous avez bien raison. Qu'est ma vie sans un but ?

Celui-ci dérobé, à quoi bon vaine lutte ?

Ribaud 2

J'le savais, il nous cherche !

Ribaud 1

       On va t'secouer toi !

François

Merci braves garçons, j'apprécie votre émoi.

Mais plus rien ne pourra, stopper ma léthargie,

L'hibernation forcée, de mes lasses énergies.

À la ribaude.

Vos amis sont vraiment, gaillards très fraternels.

Ribaude

Il me dragu' le bâtard !

Ribaud 2, *à la Ribaude.*

        T'inquièt' pas mad'moiselle.

Menaçant François.

Si tu la r'gardes encore, tes yeux on t' les arrache !

François

Divine solution, partir avec panache !

Mais je suis trop artiste, pour plagier sieur Oedipe.

Ribaude

Tu m' trouves pas assez bonne ?

Aux autres.

Il s' prend pour qui ce type ?

François

Généreuse attention, d'ainsi vous proposer,

Cependant inutile, mon coeur s'est évadé.

Ribaud 1

Tu crois qu' tu va t'esquives ?

Ribaud 2, *à Ribaud 1.*

Hé mec, c'est un camé.

François

Exact et dans le manque...

Ribaud 1

                        tu prends quoi pour t' droguer ?

"Exta", "coco", "héro" ?

Ribaud 2

                                  Ou tout ça à la fois ?

François

La pire...

Ribaud 2, *à Ribaud 1.*

                      J'en étais sûr ! Un chtarbé ça se voit !

Ribaud 1, *à Ribaud 2.*

Vas-y on s' casse de là ! Il me fait peur c' couillon !

Les deux ribauds et la ribaude partent vivement.

François, *à voix basse.*

Accro au pire opium, la stérile passion...

QUATRIÈME ACTE

Appartement bourgeois.

Scène 1

Sylvain, Jean, un billard.

Sylvain a sa queue de billard à la main ; Jean, une bouteille.

Jean, *se servant un brandy.*
Et ainsi j'accomplis, d'une pierre deux coups,
Fructueuse entreprise, concurrents à genoux.

Sylvain
Joli coup il est vrai... au monde des affaires,
Ardue tâche d'écheler, la chaîne alimentaire.

Jean, *servant un autre verre.*

Je suis né peu gourmand, me voilà insatiable,
Notre monde dévie, les gens les plus amiables.

Sylvain, *jouant.*

L'Homme crée ce qu'il est, c'est à n'en point douter.

Jean

Des plus raffinées oeuvres, à celles galvaudées.

Sylvain

Splendeur nous définit, autant que petitesse,
Moteur de l'excellence, comme de la détresse.

Il fait rentrer la blanche.

Jean, *reposant la bouteille.*

À propos de malheur, as-tu quelque nouvelle,
De notre cher ami, souffrant vives séquelles ?
Seul errant dans les limbes, de la déréliction,
Il se perd sans nous autres, ses fervents compagnons.

J'affronterai Titans, Antée et Alcyonée,
Pour pouvoir découvrir, comment l'en libérer.

Il tend un verre à Sylvain, qui s'en saisit.

À ce si bon copain, qui m'est plus cher qu'un frère...

Jean lève son verre et boit une goulée.

Sylvain
Hélas non je ne sais, où blessé il se terre,
Mais je crois deviner, la source de ses pleurs ;
Il souffre cent tourments, et la cause est un coeur,
Celui qui fut cueilli, était déjà aimé...

Jean
Jamais ! Il n'en est rien ! Pardi il m'a juré,
Ne rien tant éprouver, pour elle ma maîtresse.
Puis la voir dans mes bras, le rendait fort en liesse,
Il a par maintes fois, louangé notre union.

Sylvain

Ne comprends donc tu pas ? N'y vois-tu pas raison ?
Le bougre sacrifia, jusqu'à sa si bonne âme...

Jean

De tant de cécité, me fais-tu là le blâme...
Es-tu vraiment sincère ? Comment aurais-je pu ?

Sylvain

Il te l'a bien caché, autant qu'il fut rompu.
Ayant au fond prédit, de te voir renoncer,
Si tu n'en soupçonnais, ne serait-ce moitié.
C'est là ce que font bien, les meilleurs partenaires ;
Ils s'aiment plus entre eux, que leur ego mon cher.

Jean

Comment est-ce possible ? Diantre oui j'entrevois,
Le terrible engrenage, et j'en pâlis d'effroi !
Il écrase mon frère, me fait porter aux nues...
Je dois changer le cap, de ce sort incongru.
Affranchir celui qui, pour moi fit sacrifice,
De son âme véritable, mutée en artifice...

Posant son verre, dépité.

Me cacher sa tristesse, pour que je me complaise...
Je n'ai pas mérité, tant d'égard à mon aise...

Sylvain
Tu pourras donc bientôt, le lui dire toi-même,
Car je l'ai invité, par malin stratagème,
Pour vous réconcilier, et parler seul à seul.

Jean
Quel bon génie es-tu ! Je t'aime mon aïeul !
Voilà que tu orchestres, la cruciale rencontre,
Pour renouer contact. Vivement qu'il se montre !

Sylvain
Il ne devrait tarder…

On sonne.

Jean
                Le voici, il est là !

Je te serai à vie, obligé pour cela...

Jean part ouvrir la porte d'entrée.

Sylvain quitte la pièce.

Scène 2

Jean, le billard, François.

Jean, *ouvrant les bras.*

O et præsidium, et dulce decus meum !

Viens là que je t'embrasse, mon ami gentilhomme !

François

Tiens-toi donc à distance, loin de ma maladie,

J'ai crainte que mon mal, t'emporte toi aussi.

Jean

La rage qui te brûle, n'est point épidémique,

Ta rongeuse hantise, n'a pas source clinique.

Tendant le bras vers le mini-bar.

Désires-tu douceur ? Un bourbon, un tourbé ?

Quelconque simple malt, ton péché préféré ?

François, *tournant le dos.*

Mon fléau eut raison, de mon désir d'alcool,

Tout ce qui fut plaisant, prit dès lors son envol.

Jean, *lui posant la main sur l'épaule.*

Nous le souffrons tous deux, je m'en veux aujourd'hui,

D'avoir autant tardé, pour percer ton ennui.

François

De ne pas avoir vu, l'affliction me guetter ?

Jean

Non ta grande tristesse, nul ne l'a ignorée.

Mais je ne m'attendais, à vivre tel écueil,

Quand il m'apparut être, la cause de ton deuil…

François

Allons tu sais très bien, nous ne pouvons nous nuire.

Comment le pourrais-tu ?

Jean, *retirant sa main.*

                        Et toi tant me mentir ?

Voilà encore qu'ici, tu nies toute évidence…

Tu sais bien que pour toi, je mettrai en carence,

Tous mes plaisirs, envies, jusqu'à même mon coeur.

Tu m'as trompé tantôt, et continue sans heurts…

François

Car une nuit ma chance, dans ruelle inconnue,

Fidèle jusqu'alors, a soudain disparu.

Je reçus en échange, de mon âme livrée,

Fin de non recevoir, misère et cruauté.

Jean

Était-ce une raison, pour ainsi te soustraire ?

T'infliger les tourments, et à moi au contraire,

Me laisser vivre heureux, garantir mon confort,

Pendant que toi endures, pis bourreau que la Mort !

Tes exactions scellèrent, ma présente passion...

Vois ton fait mon ami ! Vois donc ta trahison !

François

Un parjure dis-tu ? Outre me piétiner,

Voilà que tu t'essaies, à me déshonorer !

Vous deux avez réduit, le feu en moi en cendres,

Dansant sur mes poussières, en Juda et Cassandre.

Cela ne te suffit, de me voir à genoux ?

Qu'il faut que je m'excuse, là d'être au fond du trou !

Jean

Parbleu ce n'est pas moi, qui t'ai fait pénitent,

Mais toi seul qui signas, ton emprisonnement !

Toi seul qui t'attachais, aux fers de la souffrance,

Maudissant mes actions, sans me laisser de chance !

Toi seul qui m'as forcé, et prêté les outils,

À t'aider crucifier, mon préféré ami...

Et maintenant j'enrage, d'avoir les mains tachées,

Par tant de déshonneur, vile médiocrité,

Perfidie inconsciente, et sang de mon semblable...

François

Je subis la disgrâce, et j'en suis responsable ?

Les jours passés crois-tu, que je pus rester sage,

En vous voyant percer, mon coeur davantage ?

Pensez-vous mériter, de ma part compliments ?

En plus d'être hélas, son aimé confident...

Jean

Qu'aurais-je pu mieux faire ? Lire dans ton silence ?

Voir au travers telle, liaison sans transparence ?

Et regarde aujourd'hui, ce que tu m'as fait faire...

Impur d'avoir meurtri, mon ami le plus cher,

Comment pourrai-je vivre, sans toi dorénavant ?

Je ne suis plus pour toi, qu'un quelqu'un décevant...

Il se prend la tête entre les mains.

Un jour arriverai-je, à te rendre son coeur ?

Nous voilà dans l'impasse, un rempart sans passeur,

Cernés d'elles nos soeurs, âmes qu'on abandonne ;

Nous deux sans nos amours, et elle sans personne...

Silence.

Voila que je refuse, de penser à demain,

C'est un poids bien trop lourd, pour garder l'esprit sain.

Vivre seul et austère, sali par l'infamie...

Renoncer à l'amante ? Dire adieu à l'ami ?

Silence.

Jean et François détournent leurs regards.

Pour la première fois, le courage me manque,

Je sens ma volonté, qui recherche une planque...

Et ne vois malgré tout, qu'un unique épilogue,

À fable si cruelle, à ce long monologue.

Déliant les amitiés, autant que les amours,

Devant telle usée farce, j'écourte mon séjour...

Il se saisit d'une arme dans le buffet.

Je suis finalement, maître de mon destin...

De notre histoire enfin, je serai l'écrivain.

Fier ami et témoin, de tant de défaveur,

Ce sacrifice m'expie, et sauve mon honneur.

Il se pointe le canon en direction des tempes.

François

Non tu n'y penses pas...

Jean

       Sois donc heureux pour moi.

Au moins demain mon frère, oubliés les pourquoi,

L'un de nous sera libre, de cette vie vorace...

Mieux vaut mourir à temps, que vivre sans audace.

François se jette sur Jean. Le rideau tombe.
Un coup de feu retentit.

CINQUIÈME ACTE

Pub sur les quais de Saône.

Scène 1

Sylvain, un tenancier de bar grisonnant.

Sylvain est au comptoir, un verre à la main.

Sylvain, *regardant dans le vide.*

Un beau matin d'été, ce bon Dédé conduit,

Son fidèle carrosse, trente-huit tonnes et demi.

Soudain c'est à mi-route, qu'il voit sur la chaussée,

Un alangui bonhomme, semblant désemparé.

S'arrêtant dare-dare, car vraiment un chic type,

Il demande au garçon, ce qu'il fait là en slip.

Précieux et délicat, il décrit tout sourire,

Qu'un accident soudain, a embouti sa tire.

Véhicule stoppé, il nécessite entraide,

Pour reprendre la route, dans sa voiture laide.

Sylvain renifle et pousse un soupir.

Dédé s'exclame "D'accord, ta merde j'vais la pousser !"
Auquel répond le gars, "Mais quid ma deuche garée ?"

Le tenancier rit et sanglote à la fois.

Voici mon maigre hommage, et à titre posthume,

À mon très bon ami, car c'était sa coutume.

Agrémenter nos vies, de son humour habile,

Telle était sa passion, sa trace indélébile…

Même en vivant cent cycles, on ne pourrait citer,

Tout le bien que l'on pense, de ses habilités…

Sylvain essuie quelques larmes.

Tenancier, *se servant un muscat sec.*

Il fut aussi pour moi, quelqu'un de conséquent,

Il montre une rangée de bouteilles vides.

Il est à la pinacle, de mes meilleurs clients.

Mais sans indiscrétion, comment arriva l'acte ?

J'ai ouï moult versions, changeantes et inexactes.

Sylvain prend une longue rasade avant de reposer son verre, vide.

Sylvain

Un tragique récit, et j'en suis le coupable,

Co-auteur de la chute, du geste irresponsable.

Voulant faire le bien, j'arrange l'armistice,

Or de dispute armée, ne naît que l'injustice.

L'un voulant en finir, l'autre le secourir,

Mais accident a fait, rôles s'intervertir...

Un compagnon tombé, un qui choisit l'exil.

On raconte qu'il erre, dans quelque désert hostile,

Fuyant l'humanité, ne traquant que silence,

Aridité stérile, absolue somnolence...

Tenancier

Quelle malchance hélas, d'échoir à cette fin,

Tous deux s'aimaient pourtant, comme doigts de la main…

Il fait glisser un autre verre en direction de Sylvain.

Sylvain

Leur passion les tua, un trop-plein destructeur.

Ce monde est trop cruel, pour les hommes aux grands coeurs.

La porte de l'estaminet s'ouvre.

Scène 2

Sylvain, le tenancier, Éloïse.

Éloïse fait irruption dans l'établissement.

Tenancier, *se tapissant derrière le comptoir.*

Je me cach' sous le bar, com' dans les bons Westerns ?

Car la Mort elle-même, entre dans ma taverne !

Éloïse, *à Sylvain.*

Enfin vous êtes ici ! Vous l'ami si fidèle !

Dites-moi donc la cause, de la sombre querelle,

Où périt confident, qui bannit mon aimé...

De telle tragédie, je suis tant endeuillée !

Sylvain

Si comme moi vous sûtes, les raisons de ce drame,

C'est vous qui traîneriez, ailleurs vos états d'âmes.

Apprenez belle Dame, que ce fut non la haine,

Qui les a emportés, mais bien l'immense peine,

De devoir vivre ensemble, sans savoir partager.

Éloïse

Sans savoir partager ?

Sylvain

                         Ni même renoncer !

Ils furent des félins, en cages trop étroites,

Nulle chose n'était, que l'autre ne convoite.

Éloïse

Ainsi sont faits les hommes, cruels et meurtriers,

Qui vont au fratricide, plutôt que pactiser.

Comment se peut-il que, ces deux inséparables,

Aient pu souffrir un jour, telle faute coupable ?

À prendre les fleurets, mais jamais les lauriers.

Sylvain

Mais ne voyez-vous pas, moqueuse destinée ?

Ils furent marionettes, d'un jeu bien imprudent,

Que vous organisâtes, sans en être conscient.

Éloïse

Quelle frivolité, déclamez-vous donc là ?

Il n'y eut distraction, car mon coeur les aima !

Sylvain, *à lui-même.*

Ils avaient donc bon sens ; tout être raisonnable,

Aurait pu déceler, son concours responsable.

À Éloïse.

Méditez maintenant, au mesquin mécanisme,

Que vous mîtes en marche, par pur égocentrisme,

Lorsqu'une nuit d'été, sans égard pour l'un,

Vous choisîtes l'ami, qu'il n'aimait que trop bien.

Éloïse

Vous me jugez ainsi, en cause du malheur,

Ce n'était pourtant point, volonté de mon coeur.

De ce parjure commis, je suis irresponsable...

Sylvain

Certains diraient de vous, que vous n'êtes damnable,

De ce que vous ignorez...

Éloïse

                    Disaient-ils ça de moi ?

Sylvain

Ils auraient dû entre eux, pour calmer leur émoi...

En aveugles ils vécurent, pour ne point deviner,

Qu'un jour leurs chemins, allaient se chevaucher,

Sans qu'aucun d'entre eux deux, ne laisse le passage...

Puis suivant leurs instincts, surgit le bigornage.

Éloïse

Ils se sont donc meurtris...

Sylvain

                        Mais panache est bien nôtre,

Car chacun d'eux tomba, pour le salut de l'autre.

ACTE I	7
ACTE II	19
ACTE III	41
ACTE IV	57
ACTE V	75